허물을 벗다

시작시인선 0361 허물을 벗다

1판 1쇄 펴낸날 2020년 12월 30일
지은이 권선옥
펴낸이 이재무
책임편집 박은정
편집디자인 민성돈, 장덕진
펴낸곳 (주)천년의시작
등록번호 제301-2012-033호
등록일자 2006년 1월 10일
주소 (03132) 서울시 종로구 삼일대로32길 36 운현신화타워 502호
전화 02-723-8668
팩스 02-723-8630
홈페이지 www.poempoem.com
이메일 poemsijak@hanmail.net

ⓒ권선옥, 2020, printed in Seoul, Korea

ISBN 978-89-6021-535-1 04810
      978-89-6021-069-1 04810(세트)

값 10,000원

허물을 벗다

권선옥

천년의시작

시인의 말

시는 생명이어야 한다.

시든 것이 싱싱해지고,
마른땅에서
새싹이 움트는 시.

2020년 시월에 권선옥 쓰다.

차 례

시인의 말

제1부 허물

허물

스스로 벗어나는 허물은 투명하다.

독사도 허물을 벗는다.
허물을 벗으면서 몸집이 커지고
이빨 속의 독은 더 독해진다.

허물을 벗어야지, 떼어내야지
하면서도 한 번도
허물을 벗지 못한다.
허물은 차츰 두꺼워지고
마음속의 독은 깊게 쌓인다.

뽑힌 못

네게 깊이 박히고 싶었으나
망치질을 견디지 못하고 구부러진 나는
너의 고운 살결에 상처만 남기고
나는 돌아왔다
지금, 생각하면
네게서 뽑힌 것이 얼마나 다행인가
끝내 빠지지도 않아서
구부러진 채로 네게 매달려 있다면
네게는 더 큰 아픔이었을 게다
끝이 무디어 네게 깊이 박히지 못한 죄로
뿌리까지 뽑히어 이렇게
잡동사니 어우러진 못 그릇에서
뻘겋게 녹이 슬어
세월에 말없이 몸피가 줄어간다
이젠 네 몸의 상처도
다른 못이 가려줬을 줄 믿는다
다만 나의 구부러진 사랑을
간간이 되씹어 본다
아직도 들척지근한 단맛이 난다

모나미 153

회의 자료와 함께 볼펜을 받았다.
처음 볼펜을 쓰던, 모나미 153.
하릴없이 이것저것 아무렇게나
의미도 없는 글씨를 쓴다.
젊어서는 뒤엉킨 마음을
글로 다 풀어 또박또박 썼는데
요즘은 글을 써도 글씨를 쓰지 않는다.
예전에는 글씨를 잘 쓰려고
마음을 모으고 정신을 가다듬었는데
이제 그럴 필요가 없다.
그저 손가락을 빨리 놀리면 된다.
아! 편한 세상이여,
속도만 있고 정성은 없는 세상이여.
모나미 153으로
마음을 모아 사랑한다, 라고 쓴다.
아직도 그때처럼 사랑한다
라고 한 획 한 획
천천히 천천히 쓴다.

칼을 갈며

이삼만은 먹을 갈아
벼루 열 개를
구멍 냈다는데
나는 단단한 칼로도
숫돌 하나
갈아 없애지 못하는구나

언제까지 아내는
똑똑똑, 저렇게
칼질을 할 수 있을까
나는 아내를 위해
얼마나 오래 숫돌에
칼을 갈까

눈길

추위 속 눈길을 걷다가
문득, 뒤돌아
내 발자국을 본다.
성큼성큼 내디딘 발자국 사이에
촘촘히 찍힌
힘없는 발자국이 섞여 있다.
이리 질팡 저리 갈팡
흐트러진 발자국도 보인다.
저때는 무슨 향기에 홀려
그랬을까,
뒷걸음질 친 발자국은
무엇이 두렵고 무서웠던가.
눈길에 찍힌 발자국을 보다가
벅차게 나의 무게를 견뎌야 했던
발에게
발자국에게
불현듯, 얼굴이 화끈하다.

마음

마음 때문에 잠을 설친다.
이놈의 마음을 없애 버려야지
가지를 차례로 잘라내고
몸통도 싹뚝, 베어버리고
차근차근 뿌리를 도려낸다.
마음도 못을 뽑듯
그렇게 단번에 뽑아낼 수 있다면

빨래

아내가 새삼스럽게
빨랫방망이를 만들어달라고 했다.
때가 절어있는 걸레를
탁탁 두드려 빨고 싶은 모양이다.
몇 시간이나 정성을 기울여
방망이를 깎았다.
방망이를 받아 든 아내는
자기 몸 여기저기를 두드리며
시원하다고 한다.
오래 묵은 때를 빼내니 시원하겠지.
그래, 가끔은 사람도
빨래를 빨 듯 때를 빼낼 필요가 있다.
나도 좀, 방망이로 두들겨
마음에 찌든 때를 빼내야겠다.
방망이로 두들겨서
마음의 때가 쑥쑥 빠져나간다면
얼마나 좋을까.

아버지의 유산

아버지는 돌아가시기 전에
수수빗자루 하나를 매서 내게 주시고
아내에게는 발그레한 살이 예쁜
송곳 같은 못도 들어가지 못하게 단단한
가죽나무 방망이 하나를 깎아주셨다.
수수빗자루라야 작은 티끌도 남김없이 쓸린다고
손으로 힘껏 치대도 빠지지 않는 찌든 때는
방망이로 마구 두들겨야 하얗게 때가 빠진다고
말씀하셨다.
십 년이 지나서야 비로소 그 뜻을 알겠다.
그동안 수많은 검불도 쓸고
젖어서 땅과 한 몸이 된 나뭇잎도
단번에 쓱쓱 쓸어냈지만
정작 아버지가 바라신 건 그게 아니었다.
우리들 마음속 검불이나 탑새기를
말끔히 쓸어내 남들한테 손가락질받지 말라고,
몸 안팎에 눌어붙은 앙금과 찌든 때를
힘껏 방망이질해서 사람답게 살라 하시는
말씀을 문득문득 듣고 소스라친다.
살아생전에 가끔 하시던 말씀

잊지 말라고 잊지 말라고
방망이가, 빗자루가 내게 말한다.

신록을 마주하여

뚝뚝, 뚝
붉은 꽃 진다 서러운 생각
그 눈물, 부질없어라

그 많던 꽃 잠깐 지고
깊었던 상처마다
뻐꾸기가 울어쌓더니
참새나 때까치 같은 것들까지
저토록 목이 메는 울음 끝에 이르러
남몰래 신록이 눈부시구나

그만한 설움
그만큼의 눈물이 아니고서야
저리 작은 새잎 반짝이게
어찌 피었을까나

차라리 웃음보다
눈물을 주신 뜻을 오래
끄덕이며, 내 이제 생각하느니
깊은 상처와 짜디짠 눈물로

마침내 마주한
떨리는 아침.

새우젓독

막다른 골목에서
담을 넘지 못하는 어둠과 내가 갇혔다
그때, 훅~ 비릿한 냄새가 풍겼다
지독한 어둠의 냄새
겹겹이 포승줄에 꽁꽁 묶여
나는 어둠을 부둥켜안았다
퀴퀴한 어둠은 마비된 나를
크고 오똑한 코로 꿀떡 삼켜버렸다
그리고 결박을 풀지 않았다
어딘가 길이 있긴 할 텐데
어둠 속에서 길은 보이지 않는다
독 속에 갇힌 우리는 부둥켜안고
불쌍한 코를 서로 비벼댔다
곰삭은 새우젓독은, 오래 비워 두어도
그 냄새가 지워지지 않는다

지는 잎은 아름답다

젖니는 빠져야 한다.
그 자리를 내놓지 않으면
새 이는 자리가 없어
삐뚤어진 덧니가 되고 만다.

지는 잎은 아름답다.
잎새는 잎자루 밑에 하나씩 눈을 키우고
가을에는 가지를 버린다.
작은 눈이 싹을 틔워
잎을 피우고 열매를 맺으라고
차갑고 어두운 땅바닥으로 옮겨 앉는,
지는 잎은 아름답다.

폭설

어제 저녁 빨치산들은
지리산 산자락에 내가 묵는다는 첩보를 입수하고
겹겹이 진을 쳐 나를 가두었다
산을 막고 내를 막고 길을 막았다

시커먼 전투복 해진 틈 사이로
백설기처럼 하얀 살결, 빨치산 여자 대원이다
애써 가꾼 흔적이라곤 찾아볼 수 없는
갓 스물을 넘겼을까 말까 한 얼굴,

산사람도 저리 예쁘단 말인가
잠시 넋을 잃고 바라보는 사이
어느새 그녀는
나를 옴짝달싹 못 하게 포박했다

외딴집

갈대보다 키가 작은
강가의 외딴집
아무도 알지 못하는
우리들의 집,
사람이 오지 않아 흙벽은 무너지고
바람과 눈발만 제멋대로 드나들던 집
부엌 바닥에도 찬장에도 두껍게 끄름이 쌓여 있는
한숨과 애간장이 우물보다 깊은 집
밤마다 싹이 트는 슬픔,
우리들 허망한 사랑이 강물에 몸을 던지던
그 강가, 작은 외딴집.

금 간 항아리

어리석은 사내 하나가 있었습니다. 귀와 눈이 어두워 새소리나 시냇물 소리도 듣지 못하는 사내. 흰 구름도 빨간 꽃도 볼 수 없는 사내. 그냥 발등만 보고 길을 가는 사내.

어느 날인가, 그날도 그렇게 길을 가다가 빈 항아리 하나를 주웠습니다. 사내는 금이 간 항아리를 애지중지 가슴에 끌어안고 길을 갔습니다. 항아리가 무거워 내려놓고도 싶었지만, 상처가 날까 봐 그러지도 못하고, 그냥 그렇게 항아리를 안은 채 길을 걸었습니다.

그리고 그는 먼 길을 와서 항아리를 부둥켜안고 숨을 거두었습니다. 빈 항아리는 향기로 가득했습니다. 사내가 항아리를 안고 먼 길을 오는 동안, 햇볕과 바람과 사내의 손때와 길 위의 먼지가 항아리 속에서 곰삭아 향기가 되었습니다.

명함

책상 위에 여러 장의 명함이
무방비 상태로 흩어져 있다.
모두가 똑같은 것들인데
놓인 방향에 따라 달라 보인다.
그렇게 나도 여러 개의 얼굴로 살았다.
욕망으로 가득 찬 내 몸뚱어리를
헐거운 옷가지로 가리듯이
그럴듯하게 나를 포장해 주던 명함,
때로는 나를 숨겨 주고
어느 때는 나를 옭아맸던 명함.
명함을 버리고 싶다.
이제 내 맨얼굴로 살고 싶다.
주름 잡히고 검버섯이 피기 시작한
예순아홉 해 동안 내가 가꾼 얼굴.

개헤엄

꽁꽁 언 얼음장 밑에서
나는 어디론가 가야겠다고
방향도 없이, 무턱대고 개헤엄을 친다.
쉬지 않고 헤엄을 치다 보면
몸이 차츰 따뜻해진다.
갈수록 얼음장도 얇아지고
냇물은 풀리어 소리치며 흐른다.

세상 사는 맛이 이런 것인가.
오늘도 나는 한바탕
신나게 개헤엄을 치려고
눈보라 속에 남루한 옷가지를 훌훌 벗어 던지고
얼음장을 쾅쾅 깨트려 부순다.
냇바닥에 이마를 찧으며 개헤엄을 친다,
뜨거운 피를 흘리며 개헤엄을 친다.

제2부 모두가 그렇다

가을비

그쳤다 이어졌다
가을비 온다.

한때는 늪에 빠져 목숨을 걸었으나
사랑도 분노도
부질없는 것,

밤새 창문을 두드리다
머리가 깨지도록 땅을 들이받으며
가을비 운다.

홍어

세상 별 희한한 놈이 다 있다.
죽어서도 바로 죽지 못하고
캄캄한 오지항아리에
서른 날쯤 갇혀있어야 한다니.
그래야 뼈까지 녹아
죽을 수 있다니.

모두가 그렇다

애초부터
숲이 있던 것이 아니다.
저렇게 넓고 높은 바위 위에
어떻게 나무가 살 수 있겠는가.
처음에는 풀 한 포기가
나서 자라고
그 언저리에 먼지가 쌓이면서
나무가 자랄 수 있었다.
그리고 식구가 늘어 숲이 되었다.
흙 한 줌
물방울 하나에서
시작하는 것이다.
모두가 그렇다.

산은 바다를 낳는다

산은 흐벅진 가슴을 풀어 헤치고
품 안 가득 나무에게 젖을 물린다.
어두운 밤에도 나무는 자라,
저희끼리 어울려 숲을 이루고
깊은 숲에서 솟는 샘이
멀리 흘러 강이 되고
강은 자라서 마침내
바다가 된다.

큰 산은 바다를 낳는다.

풋감

나이 칠십이 되는 동안
삼십 년 넘게 선생을 하고
여럿 앞에서 말도 많이 했는데
어떤 자리에 서서
나는 떨고 있다.

달게 익지 못하고 아직도 떫은맛이다.
이 떫은맛이
나를 썩지 않게 한다.
떫은맛이 없어지면
홍시처럼 흐물거리겠지.

단단한 풋감의
떫은맛.

아프다

실한 과실 열린다고 심었더니
몇 해가 지나 열린 것이 시원찮다.
저걸 베어야 하나 말아야 하나,
머리가 아프다.

뜻이 같아 오랫동안 사귄 사람
어쩌다 고개를 흔들게 하는 때가 있다.
이제는 그 사람 멀리해야 하나,
마음이 아프다.

눈물 바이러스

누가 우는 것을 보면
울컥, 눈물이 난다.
나는 눈물 바이러스에
턱없이 약하다.
아직도 내게
눈물 바이러스 항체가 생기지 않아
참말로 다행이다.
눈물에 감염되지 않는 사람은
마음속의 강이 벌써
말라버린 사람이다.

나는 기도한다

나는 문득, 기도한다
길을 가다가 밥을 먹다가
서서 기도하고 앉아서 기도하고
누워서도 기도한다
추워도 얼지 못하는 얼음을 위하여
씨 한 톨 맺지 못하고 시든 꽃에 관하여
노동으로 닳아버린 내 지문,
슬픔과 함께 분노도 소멸한 사랑,
세상의 온갖 덧없는 상처,
풀풀풀 공중에 날아다니는 먼지,
그 가벼운 가엾음을 위하여

나는 너에게

나는 갇히고 싶다
내게 허락된 자유를
송두리째 반납하고 싶다
오랜 천둥과 해일에서 벗어난
나를 네 말뚝에 매어다오
검정 염소가 되어 풀이나 뜯고
베짱이처럼, 풀잎 위 베짱이처럼
이슬이나 핥으면서
네 울에 갇히고 싶다

밤을 새우는 불빛

팔십 넘게
허위허위 살다 죽었는데도
저렇게, 사람들이 모여
응원해야 한다.
하늘로 돌아가는 길,
멀고 멀어라.

철

철들자 망령 난다는
옛사람 말은
철이 들면 죽을 때가
가까워졌다는 말이다.

철이 들지 않으면
망령도 들지 않을까.
철이 들지 않으면
죽지도 않을까.

철이 들지 못하고, 철없이
그냥 죽으면 어쩌나.

어머니 말씀

성냥개비 하나는
쌀이 아홉 개 반이란다
아궁이 불씨를 호호 불어
나무에 불을 붙여야지

애야, 해 그슬린다
아직 해가 한 발이나 남았는데
벌써 등잔에 불을 쓰냐

먹을 것은 사람이 먹지 못하면
새라도 먹게 해야지
땅에 묻혀 썩게 하면 죄가 된다
싸라기 반 토막도
죄가 되는 겨

썩으면 썩는다

날더러 썩은 시인이라고.
시가 썩었다는 말이냐.
사람이 썩었다는 말이냐.
시가 썩었다면
사람이 썩어서 시가 썩었을 테고
사람이 썩었다면
어찌 시가 썩지 않겠느냐.
사람이 썩으면 시가 썩고
시가 썩었으면
이미 사람도 썩었다.

• 나태주 시인의 시「썩은 시인」을 읽고.

등산길에서

아내는 딸네 집에 애 보러 가고
혼자서 터덜터덜 태조산을 오른다.
길을 잘못 들어
가려던 절 마당에는 가지 못하고
정상이나 올라보려고
가쁜 숨을 몰아쉬며 산을 오른다.

계단 하나 오를 때마다
힘을 모아야 한다.
그러다가 나무 밑에서 썩어가는
부러진 나뭇가지 하나 얻었다.
내게 내미는 하나님의 손이다.

아아, 나는 지친 누구에게
이렇게 힘이 된 적 있었던가.
나뭇가지에 몸이 실릴 때마다
사람에게 세상에게
미안하다.

못을 박으며

닭을 가둘 닭장을 짓느라고 못을 박는다
무거운 망치로
쾅쾅쾅, 큰못을 박는다
못 자리를 내어주지 못하는 나무판자는
종잇장처럼 찢어진다
그래, 내 언젠가 어머니 가슴에 못을 박았지
그게 어디 어머니 가슴뿐인가.
때때로 나는 독한 못이 되어
여기저기 마구 구멍을 내고
더러는 쩍쩍 갈라지게 깊이깊이 박혔지
봄은 이렇게 햇볕이 푸짐한데
나는 여기저기 거침없이 못질을 한다
혀를 차면서 혀를 깨물면서
독하게 못질을 한다
아파하는 널빤지에 쾅쾅, 쾅쾅쾅
거칠게 못질을 한다

쇠북 소리

둥둥 두웅둥
천지를 뒤흔드는 쇠북을 울리려면
둥둥, 둥둥둥
집채 같은 쇠북을 울리어
바위 속까지 스며들려면
북채는 태백산, 옹이 총총 박힌
천 년 묵은 박달나무
바닷물에 천 년을 절였다가
천 년을 눈보라에 말린 것이라야
둥둥 쇠북이 운다

제3부 독은 무겁다

독毒은 무겁다

독이 가득 찬 몸이 무겁다
늘어지게 늦잠을 자고
보양식을 하고 또 낮잠을 자고
몸을 가볍게 하려고 몸부림을 쳐도
몸은 생각대로 풀리지 않는다
독이 빠지지 않으면 가벼워지지 않는다
찜질방에 가서 안마를 하고
반신욕을 하고 원적외선을 쪼이고 땀을 흘리고
천신만고 끝에 몸이 가벼워졌다
집으로 오는 길에
기름진 음식으로 과식을 하고 쓴 담배를 피우고
몸속에 독을 붓기 시작한다
내일이면 내 몸은 또 무거워질 것이다
세상 것들을 버려야 한다
세상 것들은 모두 독이 스미어있다

다짐

해가 설핏한 지금,
이제 와서 걸음을 서둘 필요 없다
날 어둡기 전 마을에 들 마음 없으니
어둠 속에서 발걸음 떼는 법을 익혀야겠다
어차피, 그래도 거기에 가야지

우산 없이 비가 내린다손
뛰지는 말아라, 나에게 다짐한다
옷이 젖는다고 마음까지 적시겠느냐
뛰고 젖지 말고 걸으면서 젖어라,
게도 잡지 못하면서 그릇마저 잃어서야

후회

맛있는 음식은
너무 많이 먹고 후회했고요,

가슴속 깊이 감추어야 하는 말
엉겁결에 하고서는 후회했지요.

그런데 딱 하나
사랑은 하지 않아
두고두고 뉘우치지요.

뒤늦은 후회

언제나 이겨야 한다.
무엇을 해도 이겨야 한다.
그렇게 늘 이기면서 살아온 그 사람
뒤늦게 후회한다.

이기지 못해도 괜찮다고
살다 보면 지는 때가 있다고
가끔은 지면서 살던 그 사람
후회하지 않는다.

새로운 심장

지갑에는 달랑 카드 한 장
무턱대고 앞으로만 달리는 자동차의 스마트키
멀리보다 가까이가 더 잘 보이는 안경
조금도 쉴 새 없이 분주한 핸드폰

집을 나설 때마다 심장을 어루만진다
이것만 있으면 어디라도 갈 수 있고
이것 없이는 아무것도 할 수 없다

힘들고 어렵다

먹고살기 힘들지만
바르게 먹고살기는 더 힘들다.

사람대접받기 힘들지만
사람 구실 하기가 더 힘들다.

부모 노릇 하기 어려운데
자식 노릇 하기는 더 어렵다.

욕 안 먹고 살기 어렵다는데
죽어서 욕 안 듣기 더욱 어렵다.

물지게

울안 샘이 없던 우리 집 부엌에는 큰 항아리를 묻어두고 틈이 날 때마다 물지게로 물을 길어 채워 쓰곤 했다. 어느 날 내가 힘겹게 물지게를 지고 오는 것을 보다 못한 어머니는 말씀하셨지.

"얘야. 물은 그렇게 긷는 것이 아니란다. 욕심 부려 물을 넘치게 채우면 땅뜀하기 어렵고, 일어나 가더라도 그 물이 넘쳐 네 바짓가랑이를 적시느니. 물 한 통도 욕심대로 길어지는 게 아니란다."

또 어느 날은, 물지게를 지고 이리저리 내둘리는 나를 보고 아버지는 말씀하셨다.

"물통의 물은 양쪽이 같아야 하느니, 어느 한쪽이 무거우면 그쪽으로 기울어 곧바로 걷기가 어려운 법이다."

오늘도 나는 미로를 헤매다가 지친 몸으로 돌아와, 깊은 어둠 속에서, 까마득한 예전의 그 말씀을 몇 번이나 곱씹어 본다.

겨울밤

저기, 저기, 저
별 속에는 도깨비가 들었단다.
해가 지고 달도 뜨지 않는
오늘같이 어둔 밤에는 도깨비가 나온단다.
도깨비가 나와서
도깨비가 나와서
서른세 번 재주를 넘고
빈 항아리를 퉁퉁 치면
아장아장 아기가 걸어 나온단다.
아기가 말을 타고 나팔을 불면
갑옷 입고 투구 쓴 병정들이 나와
잠 안 자고 눈 뜬 애들
모두 모두 잡아간단다.
에그 무서워라. 무섭지 않냐.
도깨비가 무서워 문풍지가 떠는
긴 겨울밤.

부끄럽다

예쁜 꽃 앞에 서면 부끄럽다
나도 저렇게 맑은 향기로
누구에게 기쁨을 준 적이 있는가

가을 나무 옆에 서면 부끄럽다
거두어들일 열매 한 알 없이
둥치만 덩그러니 섰지 않은가

우산을 쓰고 가면 부끄럽다
내 옷깃을 펼쳐
누군가의 비바람을 막아주지도 못하고
헛되이 살은 부러지고 찢긴 것 아닌가

혼자서 얼굴을 붉히고
끌끌끌 혀를 찬다

그늘의 골목

오래 그늘에 살았습니다.
골목에는 햇볕 한 톨 들지 않았으나
햇볕을 그리워하지도 않았습니다.
그늘이 그늘인 줄도 모르고
햇빛이 얼마나 눈부신 것인지 몰랐으니까요.
길을 찾던 사람들은 골목 끝,
막다른 골목에서 잰걸음으로 돌아갔습니다.
어디에도 길은 전혀 없으니까요.

가끔 이른 새벽에, 창문이 부옇게
누군가가 잔뜩 소금을 뿌리곤 하였습니다.
그늘 속의 아이들은
소금을 밟고 다니다가 배가 아프면
주워 먹기도 하였지요. 그런 날은 배가 고파
하늘이 벌겋게 취하도록 물을 마셨지요.
흰 꽃이 지고, 잎이 떨어지고, 비가 오던 날
아마 우르릉 꽝꽝 천둥소리도 들렸겠지요.
그날, 그 깊은 밤에 나는 더듬거리며
맨발로, 골목의 그늘에서, 그 골목 끝 외딴집에서
나는, 세찬 강물에 풍덩 뛰어들었지요.

그렇게 흘러 흘러 아늑한 바다에 닿아서도
아직도 잊지 못하는 깊은 골목,
달콤한 그늘.

길

길이 있었는데
어쩌다 보면 그 길이
보이지 않을 때가 있다.
눈이 내려 길을 덮기도 하고
풀과 나무가 먹어치우기도 한다.

그곳에 가려는 사람들은
두꺼운 눈을 쓸어
눈 속에 숨은 길을 되찾는다.
풀과 나무가 없앤 길을 찾아 헤매지 않고
가시덤불을 뚫고
다시 새로운 길을 낸다.
길이 없던 산과 바다에
새로운 길을 낸다.

길은 있다

길을 걷다 보면
길을 잃을 때가 있다
앞에 있던 길이 어느새 사라져버리는 때가 있다
더듬더듬 어둠 속을 걷다 보면
어느새 길이 보인다
길이 없더라도 멈추지 말고
앞으로 걸어만 가면
걷는 사람에게는 길이 보인다
길은 다만 보이지 않을 뿐,
없어지지 않는다
길은 어디엔가 반드시 있다

노안老眼

갑자기 어느 날, 가까운 것이
보이지 않았다.
가까운 것이 보이지 않으면서
어슴푸레 보이던
먼 것들이 차츰 또렷해진다.
그동안 나는 아내와 자식들만 보고
내 자리를 쓸고 닦으면서 살았다.

가까운 것은 희미해지고
오히려 먼 것이 잘 보이는 나이는 오십,
이제는 먼 것에 눈을 돌리라는
하늘의 뜻이렸다.

꿈을 깨고 나서

하나님, 감사합니다.
하나님, 감사합니다.
거듭거듭 몇 번을 읊조린다.
좋은 꿈은
꿈속에서나마 누렸고
나쁜 꿈은
꿈이어서 다행이다.
허황된 꿈은 꾸지 말라고
남이 서운해할 일은 하지 말라고
조용조용 타이르신다.

홍어회를 먹다

바다에서 갓 잡아 올린
싱싱한 홍어는 맛이 없다.
생선으로 치자면 일품일지라도
그것이 진짜 홍어 맛은 아니다.
넓은 바다를 헤매며
살 속 깊이 소금기가 배어든 때문이다.
바다를 다 누비지 못한 한이
끈적끈적 삭은 뒤에라야 제맛이 난다.

오래 묵은 기왓장을 가루 내어 닦아야
번쩍번쩍 윤이 나던 놋그릇도 다 없애 버리고
부뚜막에서 음식마다 맛을 내던
막소금마저 사라져버린 지금,
삭아서 맛을 내는 홍어.
처음엔 역겹다가도
먹을수록 구미가 당기는, 삭힌
홍어의 맛.

빨랫줄

가장 양지바르고 바람 잘 부는
자리를 차지하고 있지만
나는 늘 배반 속에서 산다.
흙 묻고 땀이 전, 그래서
빨아도 땀 냄새가 지워지지 않은
무릎이 해진 사내의 작업복도
윤기 있는 속살이 뽀얀, 사내의 딸년
빛깔 고운 속옷도 내게 와
무겁게 젖은 몸으로 나를 포옹하지만
눈물이 마르면 훌쩍 나를 떠난다.
수없이 배반을 경험하고도
나는 알몸으로 서서
야윈 내 몸을 감싸 줄 상처들을 기다린다.
가는 비가 오거나 진눈깨비 치는 밤이면
어둠 속에서 나는 홀로
눈물 흘려 운다.

주류성에서
—흑치상지의 말

불탄 자리에서 솟아나는 싹,
시뻘겋게 달구어진 피는
아무리 강물에 헹구어도 식지 않는다.
강기슭 세모래밭이 벌겋게 달아올라
풀잎마다 칼을 쥐고 일어나
사나운 바람을 포박하여 꿇어앉혔다.
소정방의 말발굽이 궁녀들의 치마폭을 짓밟던
그날의 아우성과 피비린내를 잊지 않겠다.
내 칼은 언 땅속에 천 년을 묻어둔들
녹슬지 않는다.
날이 무디어지지 않는다.
언젠가는 기어이
칼을 날려 두꺼운 하늘을 찢으리라.
해와 달, 그리고 모든 별들이
다시 백제의 땅을 밝히게 하리라.

하늘 콩밭

내 콩밭은 하늘에 있다.
산밭에 콩을 심었더니 새들이 모조리 콩을 빼 먹고,
마침내 밭을 떠메고 하늘에 올랐다.

하늘 콩밭은 하느님이
물을 주기도 하고 거름을 주어 가꾸신다.
지금쯤 무성히 자라 보라색 꽃을 피우고
당알당알 콩이 열렸겠다.
따끈따끈 가을볕 받아 콩꼬투리 툭툭 터지면
밭둑을 넘나들던 산비둘기나 멧새 같은 것들,
토끼와 다람쥐까지 둥둥둥 배를 채울 것이다.

그러고도 남는 것이 있어
겨울 어느 날, 흰 눈이 펄펄 날리다가
고운 콩고물이 솔솔솔 쏟아지겠다.
고소한 냄새가 온 세상을 다 덮겠다.
아아, 하느님의 크고도 기름진 손.

할 말이 없다
—단원고 아이들을 생각하며

할 말이 없다.
너희들의 이 참담한 죽음 앞에서
내가 무슨 말을 할 수 있겠느냐.
비뚤어지고 어긋난 것들을 방관해서
너희들, 피어나는 꽃송이를 바다에 빠뜨린
어른들의 한 사람인 내가 뭐라 말하겠느냐.
너희들을 차가운 바다에서 구하지 못하고
너무 일찍 온 너희들의 죽음 앞에
다만 안타깝고 비통한 마음으로
늦은 밤까지 텔레비전에서 눈을 떼지 못하고
새벽에 일어나 혹여 하는 마음으로 다시
텔레비전 앞에 앉는, 그런 어른의 한 사람으로
나의 무능과 무력함을 아무리 뉘우치고 나무란들
그게 너희에게 무슨 소용이 있겠느냐,
그런다고 나의 죄가 가벼워지겠느냐.

애들아, 얼마나 두려웠니.
바닷물이 너희들을 향해 밀려올 때
벽으로 막힌 선실에 갇혀 아무 일도 할 수 없을 때,
그때 너희들이 겪었을 그 절망을 생각하면
나는 마음이 아프다, 속이 쓰리다.

그러나 애들아, 너희들은 훌륭했다.
어른들이 이렇게 병들고 무책임할 때에도
그런 어른들의 말을 그대로 믿을 만큼
너희들은 질서를 잘 지켰다.
그렇게 착한 너희들을
우리는 멀리 떠나보낸다.

잘 가거라. 아이들아.
거기는 양심을 파는 사람도 없고
삐뚤어진 것을 눈감아 주는 사람도 없는
바르고 정직한 나라,
모든 것이 바르고 원칙이 지켜지는 나라.
그런 아름다운 나라에서
뜨거운 심장으로 일어서거라.
너희들의 못다 핀 꽃을 활짝 피우거라.
그래서 우리의 죄를 갚게 해다오.
아이들아, 너희의 희생이 헛되지 않게
이 세상도 바르게 변할 것이다.
너희들의 혼을 담은 꽃이 피리라.
아이들아, 잘 가거라.
편히 쉬거라.

풀밭

무엇을 심어도
본전 장사는 어렵다.
돔부와 콩팥은 고라니가 좋아해
새순이 나오는 대로 죄다 잡숫고
옥수수는 새가 잡수신다.
긴 장마로 호박 넝쿨조차 녹아버렸다.
하느님도 우리 편이 아니었구나.
아예 돈이 되긴 틀린 농사,
참깨가 있으나 마나
홀쭉한 키에 꼬투리는 드문드문
깨가 들었을 리 없다.
어차피 풀밭이다.
밭두렁에 앉아 담배에 불을 붙인다.
밑지는 농사에
담뱃값만 더 들게 생겼다.

제4부 설렁줄

설렁줄

그대인가, 그대인가,
고개 돌려 훑어본다.

인기척이 났는데
똑, 똑, 똑, 그대의
느리게 발걸음 떼는 소리 들렸는데.

내 마음에 그대를 불러들이려고
바람이 설렁줄 흔들었네.

아주 먼 훗날

처음 우리 만난 게
언제였지

이제 우리
헤어질 날 오겠네

오랜 뒤,
아주 먼 훗날

나싱개꽃

저 실낱같은
대궁에 꽃이 피다니.

그 작은 씨앗 속에
잎도 꽃도 들어있었네.

겨울 지나 봄이
오는 줄도 알고 있었네.

운일암 적송

어쩌다가
메마른 바위틈에
터를 잡고
깡마른 저 사내는
평생
저렇게 철철, 철
피 흘리고 섰는가

울음

젊어서는 온몸으로 울었다.
눈물이 많아
소리치며 울었다.

이제는 나이 들어 마음으로 운다.
눈물도 흘리지 않고
소리도 없이.

우수雨水

입춘 지나니
어서 경칩 오라고 비가 온다

내 사랑도 저렇게
더듬더듬 오려나

하루 종일 추적추적
빈 가슴에 오는 비

모르고

문밖의 사람들은
어떻게 해서라도
문 안으로 들어가고 싶어
안달이다
문 안으로 들어가면
그 안에 갇히는 것을
모르고

참새야 참새야

너는 왜
그렇게 겁이 없어.
배추 씨앗도 먹고
콩알도 꿀컥 삼키잖아.
네 배 속에서
배추가 속이 차고
콩이 열리면 어쩌려고.

아내

그렇게
소중한지 미처 몰랐다.
꼼짝 못 하고 앓아누워
다시 생각하는 아내.

얼렁뚱땅

일은 그렇게 하는 게 아녀.
얼렁얼렁 해야지.
하루 죙일 맨지작거리고 있지 말고
거뜬거뜬 해야지.
그런다구
얼렁뚱땅하라는 말은 아니구.
밥값, 품값 하라는 거여.

갈팡질팡

네 나이가 얼만데
지금도 그냥 그렇게 사냐.
갈팡질팡하는 게
사람 구실 못 할까 애비는 걱정이다.
아버지 걱정 마셔유.
아버지 아들인데,
허튼 걸음 안 해요.
돈은 못 벌어도 몹쓸 짓은 안 허니께
걱정 마셔유.

가시 송곳

하나님은
내가 반건달이 될 때마다
가시 송곳으로 찔러
바람을 빼내신다.

팔랑팔랑

팔랑팔랑 바람에 나부끼면
내 몸 여기저기
단단히 못을 치시는
나의 하나님.

하늘하늘

저 멀리
하늘하늘 옷자락이 보인다.

부드러운 옷자락
만져보고 싶다.

그 옷자락의 주인을
만나고 싶다.

쪽문

마음 가지런히 빗질하고
조심조심 문을 두드린다.

하늘로 가는 길
작은 쪽문 앞에 섰다.

어둠 속에서 더듬더듬
먼 길을 간다.

산들산들

모든 뿌리는 슬픔에서 싹이 튼다
땡볕에 달구어도 마르지 않는 눈물,
바위에 깊게 박힌 뿌리를 잘라버리고 싶다
허공을 부여잡고 잎사귀는 산들산들

찔끔찔끔

사랑은 찔끔찔끔
상처가 깊어지지 않게,
찔끔찔끔

눈물도 찔끔찔끔
마음이 무너지지 않게,
찔끔찔끔

안부

작년에 언덕 위에
수선화 심었는데
사람 없는 땅에서도
알이 불어서
여러 송이 꽃이 피었습니다.
그런데 보아줄
사람이 없어 서운합니다.

무화과

작은 꽃도 피우지 못한
애달픈 사랑,
단 한 번 손을 잡거나 포옹도 없이
달게 열매가 익어가는
우리 사랑.

무심사 동백꽃

나, 그 숲에 가지 않을래.
먼빛으로 보기만 해도
시뻘건 쇳물에 델 것 같아
다시는 그 숲, 그 나무에
기대서지 않을래.

젖먹이 아기

엄마 품에서 젖을 먹는
아기를 무심코 바라보다가
가던 눈길 주춤주춤
멈추어 선다.

내가 쳐다보면
얼룩덜룩 내 마음의 때
아기에게 묻힐까
덜컥 겁이 난다.

'풀 한 포기'의 길

차성환(시인, 문학박사)

　권선옥 시인은 타락한 세상 속에서 허물로 살아왔던 자신의 삶을 뒤로하고 몸과 마음을 바르게 가다듬는 도야陶冶의 삶을 추구한다. 욕망과 이기심으로 허덕거리는 현대인의 삶을 되돌아보게 하고 진정한 삶의 길이 무엇인지를 일깨워 준다. 자신이 걸어온 인생의 '길'을 반추하고 성찰하면서 우리의 삶이 나아가야 할 방향을 바로잡아 주는 것이다. 그는 항상 '길' 위에 있고 '길'에 대해 사유하고 또 다른 '길'을 꿈꾼다. 세상의 길을 벗어나 자신의 길을 찾아야 한다고 역설한다. 그가 결국 찾은 길은 '풀 한 포기'의 길이다. 이 '풀 한 포기'의 길은 각각의 생명이 본래 품은 본성을 쫓아 살아갈 때 사람과 세상을 이롭게 할 수 있다는 시적 진리를 품고 있다. 이를 밝히 보기 위해, 우리는 권선옥 시인의 발자국을 따라가야 한다.

> 추위 속 눈길을 걷다가
> 문득, 뒤돌아
> 내 발자국을 본다.
> 성큼성큼 내디딘 발자국 사이에
> 촘촘히 찍힌
> 힘없는 발자국이 섞여 있다.
> 이리 질팡 저리 갈팡
> 흐트러진 발자국도 보인다.
> 저때는 무슨 향기에 홀려
> 그랬을까,
> 뒷걸음질 친 발자국은
> 무엇이 두렵고 무서웠던가.
> 눈길에 찍힌 발자국을 보다가
> 벅차게 나의 무게를 견뎌야 했던
> 발에게
> 발자국에게
> 불현듯, 얼굴이 화끈하다.

―「눈길」 전문

한겨울에 "눈길"을 가던 '나'는 "문득" 자신이 뒤에 어떤

"발자국" 모양을 남겼을지 궁금해한다. "뒤돌아"서서 걸어 온 "눈길"을 바라보면 "성큼성큼 내디딘 발자국 사이에"는 "촘촘히 찍힌/ 힘없는 발자국"과 "흐트러진 발자국"이 놓 여 있다. 자기 길을 똑바로 걷지 못하고 혼란스러운 그 "발 자국"은 곧 '나'가 걸어온 인생의 "발자국"이다. 이 시는 "눈 길"에 찍힌 "발자국"을 통해 지금까지 자신이 걸어온 인생 의 길에 대한 진지한 성찰로 나아간다. '나'는 "무슨 향기에 홀"린 듯이 "이리 질팡 저리 갈팡" 방황하면서 정정당당하 게 나서지 못하고 어떤 두려움에 "뒷걸음질" 쳤던 '나'의 지 난 시절을 떠올린다. "눈길"을 어지럽힌 "발자국"의 주인공 으로서, '나'는 "얼굴이 화끈"거리고 부끄럽기만 하다. '나' 라는 인생의 "무게"를 감당해야 했던 "발"과 "발자국"을 바 라보면서 회한悔恨에 젖은 것이다. "젊어서는 온몸으로 울 었다./ 눈물이 많아/ 소리치며 울었다"(「울음」). 시인의 삶은 좀처럼 쉽지 않았던 모양이다. 그가 "눈길에 찍힌 발자국" 을 통해 지난 시절, 버거웠던 인생의 무게와 방황을 성찰하 는 것은 더 나은 자신의 길을 찾기 위해서이다. 그는 지금 까지의 삶이 허위에 둘러싸여 있었다는 것을 깨닫게 된다.

　책상 위에 여러 장의 명함이
　무방비 상태로 흩어져 있다.
　모두가 똑같은 것들인데
　놓인 방향에 따라 달라 보인다.

그렇게 나도 여러 개의 얼굴로 살았다.

욕망으로 가득 찬 내 몸뚱어리를

헐거운 옷가지로 가리듯이

그럴듯하게 나를 포장해 주던 명함,

때로는 나를 숨겨 주고

어느 때는 나를 옭아맸던 명함.

명함을 버리고 싶다.

이제 내 맨얼굴로 살고 싶다.

주름 잡히고 검버섯이 피기 시작한

예순아홉 해 동안 내가 가꾼 얼굴.

—「명함」 전문

'나'는 지난 시절의 "욕망으로 가득 찬 내 몸뚱어리"를 직시하고 "나를 포장해 주던 명함" 뒤에 숨어 "여러 개의 얼굴로 살았"던 자신의 삶을 반성한다. 현대인들은 '나'라는 진짜 자신을 감추고 사회적 지위와 "명함" 뒤에 숨어서 가짜 삶을 영위하고 있는 것이다. 시인은 이제 "나를 숨겨 주고/ 어느 때는 나를 옭아맸던" 가짜들을 다 벗어버리고 "맨얼굴"이라는 순수함을 가지고 인생을 다시 새롭게 살고 싶다는 소망을 피력한다. 그는 이제 "주름 잡히고 검버섯이 피기 시작한", "예순아홉 해"가 내려앉은 "얼굴"을 가진 초로初老와 비로소 마주하게 되는 것이다. 자신의 진짜 얼굴을 대면하는 것에는 용기가 필요하다. 지금까지 영위해 온

가짜와 허위의 삶을 벗어던지고 진정한 삶을 살아야겠다는 각오와 의지를 다져야 하기 때문이다. 시인은 "허물을 벗어야지, 떼어내야지/ 하면서도 한 번도/ 허물을 벗지 못한다"(「허물」)며, '허물'과 같은 가짜 삶에서 벗어나는 일의 어려움에 대해 토로한다. 그러면 이 '허물'을 벗어버리기 위해 우리는 어떻게 해야하는가.

아버지는 돌아가시기 전에
수수빗자루 하나를 매서 내게 주시고
아내에게는 발그레한 살이 예쁜
송곳 같은 못도 들어가지 못하게 단단한
가죽나무 방망이 하나를 깎아주셨다.
수수빗자루라야 작은 티끌도 남김없이 쓸린다고
손으로 힘껏 치대도 빠지지 않는 찌든 때는
방망이로 마구 두들겨야 하얗게 때가 빠진다고
말씀하셨다.
십 년이 지나서야 비로소 그 뜻을 알겠다.
그동안 수많은 검불도 쓸고
젖어서 땅과 한 몸이 된 나뭇잎도
단번에 쓱쓱 쓸어냈지만
정작 아버지가 바라신 건 그게 아니었다.
우리들 마음속 검불이나 탑새기를

말끔히 쓸어내 남들한테 손가락질받지 말라고,

몸 안팎에 눌어붙은 앙금과 찌든 때를

힘껏 방망이질해서 사람답게 살라 하시는

말씀을 문득문득 듣고 소스라친다.

살아생전에 가끔 하시던 말씀

잊지 말라고 잊지 말라고

방망이가, 빗자루가 내게 말한다.

—「아버지의 유산」 전문

    '나'는 "아버지"가 "돌아가시기 전에" '나'와 "아내"에게 남긴 "수수빗자루"와 "가죽나무 방망이"의 의미를 다시금 되새긴다. "아버지"는 손수 만든 그것들을 부부에게 주면서 "수수빗자루"는 "작은 티끌도 남김없이 쓸"어야 하고 "가죽나무 방망이"는 "마구 두들겨야 하얗게 때가 빠진다"는 "말씀"을 남기셨다. '나'는 그 "말씀"을 실제 마당을 쓸고 빨래를 할 때 "수수빗자루"와 "가죽나무 방망이"를 쓰라는 의미로만 알고 있었는데 "십 년이 지나서야" "아버지"가 남겨 주신 물건이 가진 숨은 속뜻을 깨닫게 된다. "수수빗자루"는 "우리들" 부부가 살아가면서 "마음속"에 "검불이나 탑새기" (쓰레기)와 같은 더러운 것이 쌓이지 못하도록 깨끗이 비우고 살라는 뜻이었다. 마찬가지로 "가죽나무 방망이"는 "몸 안팎에 눌어붙은 앙금과 찌든 때를" 지우고 빼어 항상 맑고 깨끗한 몸과 마음으로 "사람답게 살라"는 "말씀"이었다.

"아버지"가 손수 "수수빗자루"와 "가죽나무 방망이"를 만들어주면서 "말씀"을 남긴 것은 곧, 아들 내외에게 더러운 것을 멀리하고 마음과 행실을 바르게 닦아 선한 일을 쫓아야 한다는 수신修身의 삶을 가르쳐주기 위함이었던 것이다. "수수빗자루"와 "가죽나무 방망이"가 다른 사람의 눈에는 하찮게 보이는 물건일 수 있지만 '나'에게는 혼탁한 이 세상 속에서 올바른 삶을 살아가도록 붙잡아 주는, 삶의 소중한 가르침이 된다. "마음의 때가 쑥쑥 빠져나간다면/ 얼마나 좋을까"(「빨래」). "방망이"와 "빗자루"는 "살아생전에 가끔 하시던" "아버지"의 그 "말씀"을 "잊지 말라"며 '나'를 채근한다. "아버지의 유산"은 혹 '나'가 잘못된 방향으로 갈 때 올바른 길을 선택할 수 있도록 도와주는 것이다.

다른 시 「물지게」에서도 시인은 생전에 아버지와 어머니가 자신에게 했던 귀한 말씀을 기억한다. 언젠가 자신이 "힘겹게 물지게를 지고 오는 것"을 본 "어머니"는 "물 한 통도 욕심대로 길어지는 게 아니"라는 말씀을 하셨다. "또 어느 날", "아버지"는 "물지게를 지고 이리저리 내둘리는 나를 보고" "물통의 물은 양쪽이 같아야 하"고 "어느 한쪽이 무거우면 그쪽으로 기울어 곧바로 걷기가 어려운 법"(「물지게」)이라고 말씀하셨다. '물'을 가득 채우려는 '욕심'을 버리고 어느 한쪽으로의 치우침 없이 걸어가야 하는 중용中庸의 삶을 가르치고 있는 것이다. 지나치거나 모자람 없이 늘 한결같은 상태로 바른 길을 가야 한다. 시인은 또한 "먹을 것은 사람이 먹지 못하면/ 새라도 먹게 해야지/ 땅에 묻혀 썩게 하면 죄가 된다"는 "어머니 말씀"(『어머니 말씀』)을 기억한다. '먹을 것'이 여유가 있음에도 불구하고 자신만 배불리고 다른 생명을 돌보지 않는 것은 분명히 '죄'가 되는 것이다. '먹을 것'을 길러낸 자연과 생명의 이치는 이 생산물을 혼자 독식하는 것이 아니라 뭇 존재들과 서로 나누는 삶에 바탕하고 있기 때문이다. "어머니"는 '먹을 것'을 귀히 여기고 그것을 나누는 삶의 가치를 알려 준다. 부모가 가르쳐준 수신修身과 중용中庸의 삶은 평생을 거쳐 갈고닦아야 하는 고통스럽고 어려운 길이다. 그것은 자신을 맑고 깨끗하게 돌보고 다스리는 데에서 그치는 것이 아니라 이를 통해 다른 사람을 섬길 수 있어야 하기 때문이다.

아내는 딸네 집에 애 보러 가고
혼자서 터덜터덜 태조산을 오른다.
길을 잘못 들어
가려던 절 마당에는 가지 못하고
정상이나 올라보려고
가쁜 숨을 몰아쉬며 산을 오른다.

계단 하나 오를 때마다
힘을 모아야 한다.
그러다가 나무 밑에서 썩어가는
부러진 나뭇가지 하나 얻었다.

내게 내미는 하나님의 손이다.

아아, 나는 지친 누구에게
이렇게 힘이 된 적 있었던가.
나뭇가지에 몸이 실릴 때마다
사람에게 세상에게
미안하다.

―「등산길에서」 전문

「등산길에서」는 타인을 위한 시인의 따뜻한 품성과 그가 가고자 하는 길이 어떤 길인지를 알려 주는 시편이다. '나'는 "등산" 와중에 "길을 잘못 들어" 헤매게 되고 "정상"으로 가는 힘든 "계단" 길에 이른다. 그러다 우연히 "나무 밑에서 썩어가는/ 부러진 나뭇가지"를 주워 지팡이로 사용하게 된다. 지친 "등산"길에 큰 "힘"이 되어준 "나뭇가지"는 '나'에게 큰 깨달음을 안겨 준다. "나무 밑에서 썩어가는/ 부러진 나뭇가지"는 "나무"라는 생명의 본체에서 떨어져 나와 더 이상 잎과 꽃을 매달 수 없는 존재이다. 이미 생명을 다해 그 존재 가치가 끝난 것처럼 보이지만 "나뭇가지"는 "산"의 "계단"을 오르는 '나'를 도와주는 소중한 지지대가 되어준다. "가쁜 숨을 몰아쉬며 산을 오"르는 '나'에게 든든한 "힘"이 되는 조력자가 되는 것이다. 그것은 "내게 내미는 하나님의 손이다". 시인은 험난한 인생의 길에서 "나는 지친 누구에게" 이 "부러진 나뭇가지 하나"처럼 "힘"이 되고 구원이 되는 존재였던 적이 있었는지를 되묻는다. 세상에 쓸모없어 보이지만 누군가에게 꼭 필요한 도움을 주는 "나뭇가지"를 통해 타인을 위한 삶의 가치를 깨달은 것이다. "작은 눈이 싹을 틔워/ 잎을 피우고 열매를 맺으라고/ 차갑고 어두운 땅바닥으로 옮겨 앉는, / 지는 잎"(「지는 잎은 아름답다」)의 아름다움에 대해서 노래한다. "예쁜 꽃 앞에 서면 부끄럽다/ 나도 저렇게 맑은 향기로/ 누구에게 기쁨을 준 적이 있는가"(「부끄럽다」)라며, "사람에게 세상에게/ 미안"해하고 부끄러워하는 시인의 마음은 더없이 따뜻하고 아름답다.

애초부터

숲이 있던 것이 아니다.

저렇게 넓고 높은 바위 위에

어떻게 나무가 살 수 있겠는가.

처음에는 풀 한 포기가

나서 자라고

그 언저리에 먼지가 쌓이면서

나무가 자랄 수 있었다.

그리고 식구가 늘어 숲이 되었다.

흙 한 줌

물방울 하나에서

시작하는 것이다.

모두가 그렇다.

—「모두가 그렇다」 전문

'나'는 "넓고 높은 바위"가 많은 산에 "나무"들이 무성하게 자란 "숲"을 보며 감탄한다. 시인은 "바위" 위에 "나무"가 자라고 그 "나무"들로 인해 돌산이 "숲"으로 바뀌는 그 생성의 비밀을 조심스럽게 탐색하기 시작한다. "처음에는" 보잘것없는 "풀 한 포기"가 먼저 자랐을 것이다. 그 "풀 한 포기" "언저리에" 오랜 시간 "먼지가 쌓이면서" 간신히 "나무" 한 그루 자랄 수 있는 토양을 얻게 된다. 만약에 "풀 한 포기"가 "바위"로 이루어진 이 척박한 땅에서 자라는 것을 포기했다면 "애초"에 "나무"는 자라날 수 없을 거고 "숲"도 우거질 수도 없었을 것이다. "숲"이 생길 수 있었던 이유는 바로 힘든 상황에서도 포기하지 않고 자신의 길을 간 "풀 한 포기" 때문이다. "풀 한 포기"가 자신의 온몸으로 부여잡았던 "흙 한 줌"과 "물방울 하나"에서 이 모든 것들이 "시작"된 것이다. 권선옥 시인은 "숲"과 "풀 한 포기"에 대한 사유를 통해 우주를 구성하는 모든 생명들이 이같이 작은 미물에서 시작했다는 깨달음으로 나아간다. "풀 한 포기"와 같이, 생명이 스스로 있는 그대로의 본성을 실천할 때 비로소 다른 생명을 위한 자리도 마련해 줄 수 있다. 몸과 마음을 갈고닦는 도야陶冶의 길을 정진精進하는 것은 자신만을 이롭게 하는 데에 그치는 것이 아니라 다른 생명을 품을 수 있는 길이며 더 나아가 세상을 널리 풍요롭게 하는 일이 된다. 이 "풀 한 포기"의 길이 곧 권선옥 시인이 가고자 하는 길이다. 타락한 세상에 범람하는 "욕망"(『명함』)과 "허물"(『허물』)을 벗어던지고 생명이 본래 품은 길을 걸어가야 한다. "세상 것들은 모두 독이 스미어있다"(『독毒은 무섭다』). 세상의 독을 제거해 선한 본성을 되찾고 그 본성이 일러주는 길을 가는 것이 우리의 본분인 것이다. 세상의 길이 아닌, 시인의 길은 외롭고 힘든 길이다.

　권선옥 시인은 부단한 자기 수양修養을 통해 타인을 위한 삶의 길을 찾는다. 그는 "길이 있었는데/ 어쩌다 보면 그 길이/ 보이지 않을 때가 있다./ 눈이 내려 길을 덮기도 하고/ 풀과 나무가 먹어치우기도" 하지만 "가시덤불을 뚫고/ 다시 새로운 길을"(『길』) 내야 한다고 말한다. "길을 걷다 보면/ 길을 잃을 때가 있"지만 "더듬더듬 어둠 속을 걷다 보면/ 어느새 길이 보"이고 "길이 없더라도 멈추지 말고/ 앞으로 걸어만 가면/ 걷는 사람에게는 길이 보인다"(『길은 있다』)는 것이다. 그가 가고자 하는 길은 "세상의 온갖 덧없는 상처"(『나는 기도한다』)를 이겨내고 "깊은 상처와 짜디짠 눈물"을 감당해야지만 "저리 작은 새잎 반짝"(『신록을 마주하여』)이는 것을 볼 수 있는 길이다. 시인은 시집의 머리말에 "시는 생명이어야 한다.// 시든 것이 싱싱해지고,/ 마른땅에서/ 새싹이 움트는 시."라고 남겼다. 권선옥 시인은 삶의 진실을 밝히는 '시詩'를 통해 조금 더 밝고 따뜻한 세상을 만들려고 한다. 지금의 우리는 한겨울의 시들고 마른땅에 놓여 있지만 그의 시는 차가운 동토凍土의 땅에 작은 생명인 '새싹'이 움틀 수

있게 한다. 그가 걷는 외길을 따라간다면 따듯한 봄날을 조
금 더 일찍 만날 수 있을 것이다.